KB126320

부산 이후부터

부산 이후부터

황현진 글 × 신모래 그림

차례

지인의 말에 따르면,

구태식의 아버지는 늘 그렇게 운을 뗐다. 거기는 여기보다 살 만하다더라. 서울에서 원주, 원주에서 제천, 제천에서 경주, 경주에서 포항, 포항에서 부산으로. 살 만한 곳을 찾아 식구들은 군말 없이 아버지의 뒤를 따랐다. 아버지의 지인들은 대개 군대에서 알고 지내던 사람들이었다. 하던 일이 잘 풀리지 않을 때마다 병영 수첩을 뒤지던 아버지는 부산에 터를 잡고 나서야 전화 거는 일을 멈추었다.

부산은 아버지의 고향이었다. 구태식은 서울에서 태

어났으나 원주에서 돌잔치를 했다. 여동생 구태선은 제천에서 태어났으나 경주에서 걸음마를 뗐다. 포항은 어머니의 고향이었지만 그곳에선 고작 6개월을 살았다. 그 6개월 동안 구태식의 가족은 흰 강아지를 키웠다. 막내라고 부르던 놈이었다.

부산으로 이사하던 날, 가구와 살림을 모두 들어낸 텅 빈 집의 현관에 아버지와 강아지 둘이 남았다. 2층에는 주인 식구가 살았는데 때마침 일요일 아침이어서 모두 교회에 가고 없었다. 시간은 넉넉했다. 미적거리다 주인을 마주치고 싶지 않아 서두른 덕이었다.

아버지는 강아지를 품에 안고 서서 집 안을 휙 둘러보았다. 그러고는 호주머니에 들어 있던 열쇠를 꺼내 신발장 위에 올려 두었다. 교회에서 돌아오는 대로 주인이 들러 열쇠를 가져가기로 약속한 상태였다. 아버지는 강아지를 높이 들어 올려 잠시 마주 보았다. 강아지가 허공에서 낑낑대며 버둥거렸다. 문밖에서 용달차 기사가 경적을 길게 누르는 소리가 들려왔다. 아버지는 강아지를 바닥에 내려 놓고 밖으로 도망쳤다. 문틈으로 빠져나오려는 강아지를 발끝으로 밀어 넣고 잽싸게 문을 닫았다.

용달차에 포개어 앉아 있던 태식과 태선이 아버지에게 막내는? 이라고 물었을 땐, 벌써 고속도로 위였다. 태선이 나란히 앉아 있던 어머니의 허벅지를 건너 아버지의 무릎을 밟고 서서 닫힌 차창을 열려고 용을 썼다. 발버둥 치는 태선을 부둥켜안고 아버지는 개는 거기가 집이다, 라고 했다. 한참을 머뭇거리다 덧붙였다.

나중에 놀러 가면 되지.

내내 말이 없던 어머니가 피식 웃었다.

하필 구태식이 초등학교 입학을 앞둔 해, 아버지는 부산으로 이사를 강행했다. 서둘러 전입 신고를 했지만 구태식은 4월 중순에서야 학교를 다닐 수 있었다. 자기 이름조차 쓸 줄 몰랐던 구태식은 그해 3월 저녁마다 한글을 배웠다. 덕분에 빨리 한글을 깨우친 구태선이 담벼락마다 자기 이름을 쓰고 다녔다. 어머니는 태식이 글자를 너무 작게 쓴다고 혼을 냈고, 태선이 아무 데나 이름을 쓰고 다닌다고 야단쳤다. 자갈치시장을 온종일 돌아다녀도 생선 한 토

막 주워 오기가 힘들다고 아버지는 저녁 밥상에 앉아 푸념
했다. 주워서 먹을 생각 말고 벌어서 먹을 생각을 해야지,
어머니는 아버지를 훈계했다. 거저 얻은 건 금방 잃어버리
고 거저먹은 건 금방 꺼지지. 듣다 보면 혼잣말 같기도 해
서 아버지는 굳이 대꾸하지 않았다. 고개를 끄덕이며 맞아
맞아, 응수하는 쪽은 늘 태선이었다.

태식은 한낮에 아버지가 자갈치시장을 다녀온다는
걸 알고는 집에서 거기까지 가는 길을 머릿속으로 그려 보
았다. 길은 그려지다 말았다. 학교 너머, 집 너머로는 당최
가본 적이 없었다. 3월 내내 아버지는 등하교 시간에 맞춰
구태식에게 길을 가르쳤다. 매일 학교와 집을 오가는 여러
노선을 오고 가며 익혔다. 길은 여러 갈래였으나 반복되는
구간이 많았다. 아버지는 매번 교차로의 약국 앞에서 구태
식을 세운 뒤 진지하게 일렀다.

여기까지 오면 거의 다 온 거야.

태식이 보기엔 이제 거의 절반을 지나왔을 뿐이었다.

첫 등교를 앞둔 주말, 아버지가 영도다리 앞에서 구태

식에게 물었다.

아들, 우리 제주에 가서 살까.

거기가 어딘데요?

오륙도 건너에.

태식은 발끝을 세우고 수평선을 바라보았다.

안 보이는데요.

배 타고 하루만 가면 돼.

그렇게 먼 데에는 가고 싶지 않아요.

아버지는 그의 조그만 정수리를 내려다보면서 한숨을 내쉬었다.

넌 아들이란 놈이 전우애가 없냐.

＊

왜 영도다리가 아니라 수영구청 근처 고갯마루로 가자는 건지, 구태식은 납득하기 어려웠다. 거기는 봄마다 고갯길을 따라 늘어선 벚나무를 구경하러 온 사람들이 줄을 잇는 곳이었다.

거기, 바다를 끼고 있는 언덕은 수령이 오래된 소나무

들이 빽빽하게 자라 있어서 매우 어둡다. 사람들은 큰길로만 다니지, 한밤에는 숲 안쪽으로는 고개조차 돌리지 않는다. 그러니 거기가 제일 마땅하다. 게다가 이제 영도다리 근처엔 컨테이너밖에 없지 않니. 매일 다리를 들어 올릴 때마다 모여드는 사람들은 계절도 가리질 않는다. 항구에서 잡아 올리는 물고기들 비린내는 어쩌고.

엄마의 말엔 틀린 구석이 하나 없었다.

태식이 영도다리를 고집하는 이유는 아버지가 나를 툭하면 거기로 데려갔다는 것, 그게 전부였다. 그러니 아버진 거길 가장 좋아했던 게 틀림없다고 태식은 주장했다. 떼를 쓰고 있다는 생각도 들었는데, 그래서 더 떼를 썼다. 툭하면, 이라는 말도 따지자면 거짓이었다. 굳이 세어 보자면 다섯 손가락만으로도 충분했다. 아버지와 나 사이엔 전우애라는 것이 있는데, 태식이 말문을 열자 아이를 재우느라 둘의 말을 듣는 둥 마는 둥 하던 태선이 말했다.

오빠가 서울로 가버리고 나선.

태선이 숨을 고르려는 듯 흘깃 뒤를 돌아 길 건너를 보았다. 구태식과 어머니도 태선이 바라보는 쪽으로 시선을 돌렸다. 시립 화장장 입구 바로 옆에 달린 운구실 출입 문이 눈에 들어왔다. 철문은 굳게 닫혀 있었다. 아버지는 저 문으로 들어갔다가 건물 현관의 유리문으로 나왔다. 태 식은 생소한 장례의 절차를 머릿속으로 짚어 보았으나 그 가 알고 있는 정보로는 그저 막연한 상상에 불과했다.

장의차 외 출입 금지. 도로 한가운데 팻말이 서 있었 다. 팻말 양옆으로 장미, 백합, 무궁화, 수선화, 매화, 철 쭉, 개나리 등 온갖 조화가 가득했다. 중앙선을 따라 서 있 는 기다란 화분에 푹 꽂혀 있었다. 애초부터 뿌리 없이 만 든 것들이었다. 건물 뒤편 공원 묘지의 상석과 묘비에도 빨갛고 노랗고 하얀 조화들이 즐비했다. 가만히 보고 있으 니 무덤에 묻힌 사람들조차 가짜가 아닐까 의심스러울 정 도였다.

태선이 등에 업은 아이를 추스르며 말을 이었다.

아버진 나를 데리고 툭하면 고갯마루에 올랐어. 정상 난간에 기대어 서서 딸아, 부르곤 나를 기다리게 했어. 늘 밤이었어. 지금 생각해 보면 자기를 좀 돌보라는 뜻이었던 것 같기도 하고 잠이 안 와서 밤마실을 나왔던 것 같기도

부산 이후부터

해. 거긴 바람이 종일 불어 대는데, 그런데도 좋대. 아버지, 좋으세요? 물으면 좋다 했어. 그렇게 서 있다가 아버지랑 걸었어, 우리 집까지. 오빠가 여태껏 알고 있는 아버지는 옛날 아버지야. 바람을 좋아하는 아버지가 아니라 바다를 좋아하던 아버지라고.

스무 해 넘게 좁은 집에서 함께 살다가 고작 몇 년을 떨어져 살았을 뿐인데, 옛날이라니. 태식은 동생의 말이 부당하다 여겼지만 틀린 말은 아니라서 묵묵히 듣기만 했다. 서울발 부산행 기차에 오른 건 이번이 두 번째였으니까.

때마침 길가에 서 있는 그들 앞으로 택시가 섰다. 태선이 뒷문을 열고는 어머니에게 어서 타라는 눈짓을 보냈다. 더 몰아붙여 봤자 싫은 소리를 들을 게 뻔해서 태식은 재빨리 앞좌석에 올라탔다. 잠든 아이를 안은 태선이 뒷좌석에 오르자마자 택시는 영도다리와는 정반대 방향으로 내달리기 시작했다.

애를 눕히지 그러니.

어머니가 묻자 태선이 속삭이듯 대답했다.

떼놓으면 귀신 같이 깨요.

애가 너무 엄마만 찾아도 안 될 일이야.

태식은 등에 메고 있던 가방을 허벅지 위에 올려 두고 뒷좌석에서 오고 가는 대화에 귀를 기울였다. 태선이 별말이 없자 어머니도 조용했다. 태식은 이제 태선과 나도 엄마만 찾게 생겼다는 생각에 섣불리 엄마라는 소리가 나오질 않았다. 태식은 홀쭉한 가방을 반듯하게 세워 양팔로 끌어안고 차창을 내렸다. 바람이 좋긴 좋았다.

사월인데도 해가 길다.

어머니는 고개를 젖혀 차창 너머 하늘을 살피고는 눈을 감았다. 태선이 아이의 등을 토닥이는 소리만 죽 이어졌다. 얼추 목적지까지 왔을 때 태식이 앞 유리창을 쳐다보며 말했다.

날이 밝으니 근처에서 기다려요.

부부의 고향이 모두 바다 근처라는 이유로, 아버지는 제주를 입에 달고 살았다. 거기 가면 밥 굶을 일은 없겠는

데. 나는 물고기를 잡고 마누라는 물질을 하면 살 수는 있겠는데. 아버지에게 바다란 가본 적 없는 제주뿐이었다. 부산 바닷속은 내 속만큼 잘 알지. 해변에 서서 수평선을 바라볼 때마다 아버지는 말했다. 들어가서 보지 않아도 내 눈엔 뻔히 다 보이지. 그리 말하면서도 아버지는 툭하면 언덕이나 빌딩 옥상에 올라 바다를 내려다보았다. 빈털터리가 되어 고향으로 돌아온 인생을 한탄하며 벌게진 얼굴로 내려왔다. 거기 바다는 다르겠지, 중얼거리면서.

아무도 그에 대꾸하지 않았다. 그럴 수 있는 사람이 없었다. 빈털터리가 되어 돌아왔다는 사실을 부정할 수 있는 사람이 식구 중에 있을 리가 없었다. 빈털터리가 되어 돌아왔다기보다 없는 살림에 식구 수만 늘여서 돌아왔다는 게 훨씬 맞는 말이었다.

아버지는 뻔질나게 구청을 드나들었다. 거기엔 긍정이든 부정이든 대꾸할 만한 사람들이 있었다. 내 키가 백구십입니다. 이런 나를 데려다 쓸 데가 얼마나 많겠습니까마는, 내가 아는 사람이 없어 먹고살기가 힘들어 죽겠습니다. 1년을 빠짐없이 드나들자 아버지의 말이 먹혔다. 자갈치시장에서 하역을 돕던 아버지는 이듬해 구청의 청원 경찰로 취직을 했다. 그런데도 아버지의 혼잣말은 하루가 멀다 하고 이어졌다.

　푸른 제복을 입고 허리에 몽둥이를 찬 채, 아버지는 만만한 구태식을 붙잡고 우리 둘이 제주 가서 살자, 장난을 거는 체하면서 아침상에 둘러앉은 나머지 식구를 떠보았다. 싫어요. 안 가요. 아버지랑은 안 가요. 구태식은 단호했다. 우리 둘이서만 아니라면, 솔직히 어디에서 살아도 상관없다고 구태식은 생각했다. 아버지를 싫어해서가 아니었다. 식구 수가 줄어드는 것, 어린 구태식은 가난을 그렇게 이해했다.

　아들이란 놈이, 혀를 차면서도 아버지는 숟가락질을 멈추지 않았다. 아버지가 계란 프라이의 노른자를 발라내면 어머니가 흰자를 집어 들었다. 태식과 태선은 매일 아침 번갈아 가며 노른자를 먹었다. 구태식은 다른 식구들의 밥그릇에 묻은 고춧가루를 못마땅하게 쳐다보면서 계란 프라이를 오래 씹어 삼켰다. 아버지와 어머니가 김치 씹는 소리를 듣지 않으려고 일부러 쩝쩝 소리를 내며 밥을 먹었

다. 밥그릇을 거의 비워 갈 때쯤이면 온 식구가 국에 밥을 말아 삼켰다.

저녁을 먹을 때도 마찬가지였다. 계란 프라이 대신 생선구이가 올라오면 반으로 가른 생선의 한쪽을 아버지와 어머니가, 나머지 한쪽을 태식과 태선이 나누어 먹었다. 아버지가 매번 전우애를 운운하며 구태식을 나무랄 때마다 어머니는 태식에게 동생이 먹기 좋게끔 생선 가시를 발라 주라고 시켰다. 결국 너희 둘만 남는다, 그건 어머니의 말버릇이었다. 엄마 아빠 죽으면, 너희 둘만 남는다. 그러니 사이좋게 지내야 한다.

둘만 남게 된다는 어머니의 말을 구태식은 어른이 되면 더 가난해진다는 뜻으로 받아들였다. 학교에서 배우는 모든 지식과 정보들은 우리 가족이 가난하게 살 수밖에 없는 이유를 긍정하고 보태는 데 쓰였다. 수업 중에 이국의 수도를 배우면 가난해서 갈 수 없는 곳이 아니라 갈 수 없어서 가난하다는 식이어서, 그는 배우면 배울수록 가족의 가난을 충분히 납득하고 미래의 가난마저 순순히 수긍했다. 결국엔 틀림없이 둘이 남게 된단 말을 의심하지 않았다.

＊

삶의 방향을 뒤바꾼 결정적 변수를 꼽자면 구태식은 아무래도 시력이었다. 가진 거라곤 190이나 되는 키뿐이라고 아버지는 자신을 자학하면서 한편으론 자부했지만, 태식은 마이너스 8을 밑도는 나쁜 시력이 자신의 처지에 대한 자부였다가 자학이었다.

눈이 왜 그렇게 나빠요, 라고 누가 물으면 말문이 막혔다. 어릴 때 우리 아버지가 안경테는 안 바꿔 주고 안경알만 바꿔 줘서요, 라고 말하기도 싫었고, 나는 남들보다 입학을 늦게 해서 수업 끝나고 청소하는 걸 몰랐거든요. 반장이 저 새끼 도망간다고 휘두른 빗자루에 눈두덩을 맞는 바람에요, 라고는 아무에게도 말한 적이 없고 여전히 말해선 안 될 것 같았다. 그저 가난은 모든 사건을 심화시키거든요, 우울하고 모호하게 회피했다.

초등학교 입학 후부터 구태식의 시력이 빠르게 나빠져 가는데 아버지는 태식의 시력이 나쁜 이유가 당최 먼 데를 바라보지 않고 코앞의 것을 코를 박고 들여다봐서라고 우겼다. 태선의 시력이 좋은 이유는 허구한 날 집에서 한참 먼 바다에서 노느라 코앞의 것을 놓치기 때문이고, 태선의 키가 유독 작은 이유는 그 먼 길을 전력을 다해 뛰어다녀서라는 것도 아버지의 주장이었다. 어머니는 태선은 모든 게 늦될 뿐이며 태식은 모든 걸 빨리 겪을 뿐 종래에는 남들과 다를 게 없을 터라고 했다.

태식이 6학년에 오를 때만 해도 어머니의 말이 맞는 듯했다. 학급의 대부분이 안경을 쓰고 부쩍부쩍 키가 자라기 시작했다. 뒷자리를 배정받은 학생들의 앉은키가 고만고만했다. 하지만 6학년 말이 되자 구태식은 뒷자리에서 키가 제일 큰 아이로, 머리통이 제일 굵은 아이로, 안경알이 제일 두꺼운 아이로 졸업했다.

교차로 약국 맞은편 태극안경점의 안경사는 구태식의 안경알을 교체할 때마다, 이러다 테가 부러질지도 모릅니다, 경고했다. 하지만 그런 일은 일어나지 않았다. 아버지는 플라스틱 안경테의 견고함에 감탄했으나 안경사가 보기엔 그럴 리가 만무한 물건이었다. 그건 안경점에서 가장 싼 안경테였다. 안경사가 드물게 안경점을 찾아오던 구태식을 기억한 것도 그 때문이었다. 싸구려 안경테를 애지 중지하며 사용해 온 어린 아들의 신중하고 이타적인 성격 을 감탄하면서 그는 내심 걱정했다.

안경 렌즈만 바꾸면 초점을 맞추기가 힘들어요, 시력 이 더 나빠질 겁니다.

아들은 당황한 아버지를 대신해 먼저 대답하곤 했다.

그게 좋아요.

안경사가 비슷한 가격의 다른 안경테를 보여 주어도 대답은 비슷했다.

그게 나아요.

그 말이 안경사의 귀에는 다른 무엇이 나빠질 바엔 차 라리 눈이 나빠지는 게 더 낫다는 말처럼 들렸다. 실제로 그들의 행색 역시 나날이 나빠졌다. 안경사는 구태식이 좋 다는 그것보다 좋은 것, 더 낫다는 그것보다 나은 것을 짐 작하려 애쓰다 보면 한숨이 새어 나왔다. 그것이 무엇이건 안경사의 눈에는 보이지 않는, 아마도 나쁠 무언가였다. 그는 차라리 시력이 그다지 나쁘지 않은데도 매달 새 안경 을 맞추러 오는 단골을 기다렸다. 너무 자주 들러서 도리어 달갑지 않은 단골의 등에 대고 나지막하게 혀를 차는 게 마음이 편했다. 그렇게 번 돈을 쓰는 일이 훨씬 수월했으니까.

중학교 2학년 되어서야 구태식은 안경테를 바꾸러 갔다. 이미 그의 시력은 마이너스 7에 불과해서 어울리는 안경테를 찾는 일보다 시력에 맞는 렌즈를 구하는 일이 훨씬 어려운 지경이었다. 안경을 벗으면 눈앞의 모든 것이 멀어졌다. 아예 멀어지는 것만 눈에 보이는 것 같았다. 두 눈마저 얼굴 안쪽으로 점점 함몰되어 가는 듯했다.

안경사는 그에게 콘택트렌즈를 권했지만 태식은 거절했다. 몇 년 새, 구태식은 안경사의 정수리를 내려다볼 만큼 키가 컸다. 안경사가 나란히 선 부자의 기다란 몸을 감탄하며 말했다.

유전은 가난을 이기나 봅니다.

아버지는 안경사에게 지폐를 건네며 우쭐한 투로 말했다.

내 키가 190이고 아들놈 키가 벌써 170을 넘겼는데,

이런 우리를 데려다가…….

　말을 하다 말고 아버지는 움찔했다. 태식의 팔을 잡고 허둥지둥 나섰다. 횡단보도를 건너 교차로 약국 앞을 지나던 참에 아버지가 태식을 불러 세웠다.

　그만 죽었으면 좋겠다.

　구태식은 뭐라고 대꾸해야 할지 몰라 저 멀리에 있는 듯, 작아 보이는 아버지를 보았다. 키가 너무 커서 만날 발목을 내놓고 다니는 아버지, 구부정하게 선 채 흐리마리 번져 가는 아버지를 오래 바라보자니 고역이었다. 태식은 약국의 유리 벽에 붙은 구충약 광고지를 힐긋거렸다. 우리 가족은 구충약을 먹어 본 적 없으니 배 속에 기생충들이 바글바글하겠다, 생각하며 아버지가 움직이길 기다렸다.

　아버지는 선 채로 잠에 빠진 것처럼 우두커니 서 있었다. 태식은 관자놀이를 옥죄는 새 안경을 벗었다. 눈코입이 뭉개진 커다란 아버지의 얼굴을 보니 섭섭하고 화도 났다. 그만 죽었으면 좋겠다니. 그런 말을 할 수 있다니. 아들인 내게 아버지라는 사람이 그만 죽었으면 좋겠고 하다니. 전우애도 없이.

하지 말아야 할 말을 듣지 않으려고, 되도록 멀리 있으려고 태식은 아버지보다 앞서 걷기 시작했다. 모로 가도 어쨌든 집으로 돌아오기만 하면 된다고 아버지가 누누이 가르쳤던 길이었다. 교차로 약국이 여태 영업 중인 것처럼, 태식의 가족 역시 여전히 같은 동네에 살고, 방 두 개짜리 그 집 그대로였다. 앞으로도 이대로라면 아버지와 태식이 한방을 쓰고 어머니와 태선이 한방을 써야 할지도 몰랐다.

기숙사도 아니고, 뭐 이래.

태식은 티셔츠 자락으로 안경알을 닦으며 느릿느릿 걸음을 옮겼다. 몰아치는 바람결에 짠 내가 났다. 아침마다 계란 프라이를 먹고 저녁마다 얻어 온 생선을 구워 먹는 한, 우리 사이의 전우애는 포기하는 게 맞을 듯싶었다. 곰곰 생각해 보면 전우애라는 것은 코앞에 닥친 죽음에 전전긍긍하면서도 매번 다른 사람에게 삶을 양보하며 살아 보자는 구호나 마찬가지였다. 그렇게 살고자 해도 딱히 양보할 것조차 없는 삶이었다. 기숙하는 사람들끼리 양보는, 무슨. 그런 생각이 들 수밖에 없는 처지였다.

＊

어머니와 구태식, 구태선은 근처 해수욕장에서 밤이
오기를 기다리기로 했다. 기다랗게 완만한 곡선을 그리고
있는 해변의 서쪽 끝에 넷은 나란히 앉았다. 바람이 불 때
마다 고운 모래가 그들의 검은 옷에 들러붙었다. 태선이
걸치고 있던 외투를 벗어 잠든 아이의 머리에 뒤집어씌웠
다. 애가 고생이네, 어머니가 깔고 앉아 있던 가방을 빼내
어 일어섰다. 납작해진 가방을 손으로 툭툭 치자 태선이
아이를 안은 채로 일어서서 등을 돌렸다. 먼지만 풀풀 날
릴 뿐, 든 거라곤 기저귀와 사소한 물건뿐인 가방은 좀처
럼 원래 상태로 돌아오지 않았다.

구태식은 잠시 내려 두었던 백팩을 등에 메고 해변 끝
방파제를 향해 걷기 시작했다. 처음 와보는 길이었다. 시
멘트로 높게 돋운 길을 마냥 걸어갔다. 흰색 페인트를 칠
한 관광 유람선 선착장 맞은편, 테이블 한두 개가 전부인
조그만 간이식당들이 늘어선 좁은 길이 나타났다. 길은 구
정물을 흘리는 쓰레기와 죽은 생선들, 말라비틀어진 미역
들이 널려 있어서 지저분했다.

셋은 일렬로 걸었다. 길을 모르는 태식이 앞장서고 어머니가 그 뒤를 바짝 붙어 걸었다. 태선은 어깨에 아이의 얼굴을 올려 두고 외투로 꽁꽁 묶듯이 안고 걸었다. 지하에 노래방이 있는 모텔, 수협 어촌계 사무실, 해상 구조대, 해양 경비 안전서, 잡어 전문 횟집, 자연산 회만 파는 횟집, 공동 활어 판매장을 지나 길 끝에 다다르자 끝집횟집이 나타났다. 길 안쪽 깊숙한 곳에 식당이 있고 길이 끝나는 곳은 주차장이었다. 지나오는 동안 지대가 점점 낮아져 주차장은 해변과 맞붙어 있었다. 방파제가 끝나는 곳에서부터 산자락이 만나는 지점까지 이어진 해변은 끝집횟집의 마당으로 쓰이는 모양인지 야외 테이블 두 개가 나란히 놓여 있었다.

셋은 원형 테이블에 모여 앉았다. 어머니가 태선에게 아이를 받아 안았다. 태선이 어깨를 두드리다 팔을 주무르다 고개를 좌우로 꺾다가 허리 젖히기를 여러 차례 반복하다 끙끙 앓는 소리를 내며 등받이에 기대앉았다. 테이블 한가운데 뚫린 구멍에 손가락을 집어넣으며 무심히 말했다.

나 졸업하자마자 포항에 놀러 간 적 있거든. 그냥. 괜히. 옛날 우리 살던 집에.

엄마가 아이의 엉덩이를 토닥이며 말했다.

그 집 주인이 일요일 아침마다 우리 집 문을 두드렸는데. 그때마다 태식이 너를 내보냈지.

태식은 잘 기억나지 않는 이야기였다.

거기서 내가 뭘 봤게? 막내 있지, 그 개 말이야. 우리가 이름도 안 지어 주고 그냥 막내야 막내야 불렀잖아.

그 개라면 태식도 또렷하게 기억했다.

대충 계산해도 십오 년은 지났어. 난 벌써 죽었을 줄 알았거든. 근데 그 녀석이 그 집에 살고 있더라. 살아 있더라니까. 아버지 말이 맞나 싶었어. 우리가 데리고 왔어도 그렇게 오래 잘 살았을까 싶더라고. 내가 그때부터 아버지 말을 잘 들은 거거든.

*

그 시절에 대해 구태식도 아버지와 이야기를 나눈 적이 있었다. 영도다리를 두 번째로 찾았을 때였다. 태식이

중학교 3학년이던 가을이었다.

　제주에 사는 지인에 따르면.

　아버지가 말문을 열었다.

　거기 가면 집도 살 수 있다. 집을 사면 귤밭도 준단다.
서비스로.

　태식은 떨떠름한 얼굴로 듣는 둥 마는 둥 했다.

　사실, 잘렸다.

　아버지가 고개를 길게 빼며 헛기침을 했다.

　잘렸다는 건 거짓말이고 곧 잘릴 것 같다.

　아버지가 거짓말을 보태려는 걸 보니, 구태식은 지금
부터 아버지가 하려는 말이 자신의 인생을 담보로 삼는 내
용일 거라 짐작했다.

　내가 지금껏 살아온 결과, 기계를 만들 줄 아는 사람
은 잘살더라.

　짐작이 맞았다. 결국 공고에 가라는 말이구나, 싶었
다. 어차피 아버지의 말을 따를 수밖에 없으리라는 걸 너
무 잘 알아서 구태식은 굳이 대화를 길게 하고 싶지 않
았다.

아버지는 어디에서 살 때가 제일 좋았어요?

제천.

왜요?

막내까지 합하면 그땐 다섯이었잖냐. 이래 봬도 내가 한때 다섯을 먹여 살렸던 놈이다.

그건 포항이에요.

그러냐? 제천에선 얼마나 행복한 일이 있었기에……

태선이를 거기서 낳으셨어요, 아버지.

아버지는 어디로든 돌아갈 생각 따윈 하지 않았다. 살아 본 곳마다 실패의 기억이 남아 있었다. 원주에서 제천으로 이사할 때부터, 어머니는 아버지의 지인들이 전화기 너머에서 속삭이는 제안들을 믿지 않았다. 먼저 포항에서 살자고 한 건 어머니였다.

포항에서 사는 동안 아버지는 어머니의 삶을 속속들이 의심했다. 아버지는 의외로 사람들에 대한 의심이 많아서 어머니의 지인을 공유하길 싫어했다. 별 수 없이 어머니는 아버지의 지인을 따르는 삶을 다시 선택했지만 예전

처럼 호락호락하진 않았다. 태식이 소심하고 심약한 아이라는 평계로, 태선은 감정 기복이 심하고 귀가 얇은 아이라는 이유로 어머니는 제주에 가서 살자는 아버지를 번번이 주저앉혔다.

태식과 태선이 다 자란 뒤에도 어머니는 꾸준히 아버지를 달랬다. 태식이 군대를 가면 살림이 조금 펴지겠지, 설득하면서. 태식의 시력이 꾸준히 나빠질 거라는 사실은 전혀 염두에 두지 않고 아버지의 기세를 누그러뜨리고 마침내 꺾었다. 태식은 기계를 만들 줄 알면 잘살 거라는 아버지의 말을 믿었지만, 기계를 만질 줄 아는 사람으로 고등학교를 졸업했다. 상고에 입학한 태선이 졸업할 즈음 태식은 입영 통지서를 받았는데, 병무청의 신체검사 결과는 현역 부적합이었다. 군의관은 총 세 번을 반복해서 검사하고 나서야 구태식의 나쁜 시력을 인정했다. 시력만 좋았으면 헌병감인데, 군의관은 안타까워하며 그를 보냈다. 신검을 마치고 머쓱한 얼굴로 집에 들어서자 어머니는 텔레비전 연속극을 시청하다 말고 심드렁한 투로 말했다.

너희 아버지, 죽으러 나갔다.

놀란 그가 도로 현관문을 열자 어머니가 텔레비전의 볼륨을 키우며 말했다.

네 동생이 따라갔다.

그는 쭈뼛거리다 집 안으로 들어갔다. 여동생에겐 전우애가 있었던 모양이다, 생각했다. 몸을 씻고 방에 드러누워서는 아버지와 태선이 약국 앞까지는 왔으려나 걱정하다가, 어머니가 텔레비전 채널을 수시로 바꾸는 소리를 들으며 기계를 만질 줄 아는 미필자의 직업으로 마땅한 것을 고민하는 중에 아버지와 태선이 집으로 돌아왔다.

여보, 물가에 살면 일찍 죽는대, 우리 오래 살아야지, 아버지를 끌어안고 어머니가 중얼거리는 소리를 들으며 태식은 다시 생각을 이어 갔다. 전우도 없이 사는 삶과 전우만 있이 사는 삶, 아버지가 그토록 자주 이사를 다녀야만 했던 이유와 키우던 개를 두고 온 사정에 대해 처음으로 궁금했다. 아버지가 결정한 선택의 결과가 아니라 결과 이전의 선택, 선택 이전의 이유, 이유 이전의 형편에 대해서.

궁금해하는 것만으로 이미 알아 버린 듯한 기분이 들

었다. 다섯을 넷으로 줄인 사람은 아버지였으니 넷을 셋으로 줄일 사람은 아무래도 구태식, 자신이 할 일 같았다. 같은 게 아니라 아주 명백해졌다. 적어도 자신이 나가 살면 아버지와 어머니가 식탁을 두어야 할 자리에 이불을 깔고 지낼 필요는 없을 터였다. 구태식은 우선 자기 자신만이라도 자신이 먹여 살려 보기로 결심했다. 제대로 가난해 보자 작정했다.

다음 날 아침, 태식은 펄펄 끓는 된장국을 떠먹으며 창백한 얼굴로 말했다. 서울에서 취직을 해보려고요. 어머니는 대뜸 여기는 일자리가 없다니? 반문했고 아버지는 크게 동의하며 도리어 부추겼다. 너는 상행선, 나는 하행선 노래를 부르기까지 했다. 태식의 서울행을 끝까지 반대한 사람은 태선이었다. 태식이 정말로 서울행 기차에 오를 때까지 태선은 매일 태식을 붙잡았다.

오빠, 도망가지 마. 나한테 다 떠넘길 생각은 하지도 마.

＊

나는 평생 동안 너희 아버지가 빈털터리가 될까 걱정

하며 살았다. 없는 인간으로 태어나 평생을 없이 살던 아버지였지 않니. 퇴근해서 돌아와 퍼런 제복을 벗어 두면 나는 바지 주머니부터 뒤졌는데, 동전 하나 없는 주머니에 믹스 커피 봉지가 서너 개씩 들어 있더라. 맥심일 때도 있었고, 네스카페일 때도 있었고. 맥스웰일 때도 있었는데. 이건 뭣하러 자꾸 들고 들어오냐 물으면 당신 먹으라고 챙겨 왔다 그러더라. 그걸 너희 아버지랑 나랑 한 잔씩 타서 아이고 달다달다 하면서 마셨다. 몇 번을 이야기한 적 있지만은, 너희 아버지랑 나는 서른이 넘어서 만났다. 누누이 말하지만 우리 둘 다 초혼이다. 지금은 죽었는지 살았는지도 모르는 누가 소개를 시켜 줬는데, 너희 아버지가 워낙 키가 크지 않냐. 다방에 마주 앉았는데 소매가 깡뚱해서 손모가지가 훤히 보이는 거라. 나 어릴 때 우리 아버지가 말하기를 사람 몸뚱이에서 제일 중요한 게 모가지라고, 손모가지, 발모가지 다 목숨같이 중하다고. 아닌 것 같아도 모가지란 모가지에는 다 숨통이 붙어 있다고. 그러면서 자고로 여자란 남정네한테 손모가지 잡히면 끝이라고. 몸뚱이를 다 잡힌 거나 마찬가지라고. 그만 죽는 게 낫다고. 그 말이 무서워서가 아니라 그런 말을 하는 우리 아버지가 무서워서 나는 그날까지 손모가지 가릴 걱정만 하며 살았는데 남의 손모가지를 확 잡고 싶은 적은 없었는데. 내가 팔자가 박복하려고 그랬는지 어쨌는지 그만 그 손모가지를 잡고 싶은 거라. 능구렁이 같은 양반, 이미 내 마음을 모조리 알아 버렸는지 너희 아버지 첫마디가 그거였어. 저는 없이 태어나서 여직 10원짜리 하나 없이 살아 온 놈입니다만은, 더 들을 것도 없었다. 난들 뭐가 있어 본 적 있어야지. 그러니 겁이 하나도 안 나더라. 자신만만했던 게지. 일주일 뒤에 만나기로 한 약속을 깨고 이틀인가 사흘 뒤에 깍두기를 담다가 내가 너희 아버지를 찾아갔지. 그날부터 오늘까지 태식이 네가 올해 서른, 햇수로 따지자면 나는 총 31년을 너희 아버지가 천 원짜리 한 장이라도 흘릴까, 가진 것도 없는 양반이 어디 가서 뭐라도 잃어버리진 않을까, 그 양반 바람 부는 주머니에서 뭐 하나라도 더 없어질까 걱정하며 살았지, 너희 아버지를 잃어버릴 걱정은 한 번도 하질 못했다. 쓸데없이 키만 장롱만해서 몸에 맞는 옷 한번 제대로 입어 본 적도 없는 양반이다. 그래서 그런가, 맨날 춥다 했지. 서울에선 더했지. 1년의 반을 춥다 했지. 원주에서 살 땐 더했지. 1년 내내 춥다는 소리를 달고 살았다. 부산에선 안 그럴 줄 알았는데 결혼하고 이집 저 집 옮기는 동안, 그래 봤자 그 집이 다 그 집이었는데, 한기가 뼛속까지 밴 모양인지, 언제부턴가 한여름에도 이불을 둘둘 말고 자더라. 그런 양반이랑 사는 나도 추운 건 매한가지라, 가끔 속에서 화가 치밀어 오르면 그 이불을 홱 잡아채다가 방구석에 던져 버린 적도 적진 않았는데, 그러면 너희 아버지가 어쨌는 줄 아냐. 몸을 뒤집어선 일자로 꼿꼿하게 펴가지곤 방바닥에 배를 찰싹 붙이고 자더라. 너희들도 아까 보았지 않니. 염습쟁이가 기다란 너희 아버지를 뒤집는 걸. 꼭 그렇게 잤다, 뻣뻣하게. 내가 그 모습을 수십 번 수백 번을 보았는데도 너희 아버지 잃어버릴 생각은 한 번도 못 했다. 31년을 그 사람이랑 살고 내 나이가 환갑이 넘었는데, 나는 아직 너희가 여덟 살 같고 다섯 살 같다. 어째 여덟 살이고 어째 다섯 살인지는 나도 모른다. 그래도 내 나이는 알고 산다. 그이 나이 예순넷, 내 나이 예순둘, 죽어서 억울할 건 없는 나이지. 죽어

서 억울할 나이는 너희 둘. 내겐 너희 둘만 남았지.

＊

한동안 구태식은 원룸에 사는 동창한테 얹혀살았다. 월급이 80만 원에 불과해서 방세를 빼고 나면 남는 돈은 60만 원이었다. 그 돈에서 차비와 식비를 제하면 20여만 원이 고작이었다. 첫해 겨울, 컨버스 운동화 한 켤레로 서울의 사계절을 나는 게 얼마나 불행한 일인지 알았다.

신발보다 시급한 문제는 반지하 원룸 월세 방 보증금을 마련하는 일이어서 구태식은 양말을 두 개씩 신고 겨울을 났다. 발바닥은 시리면 시릴수록 땀을 흘렸다. 발에서 고약한 냄새가 나기 시작했는데, 구태식은 이 악취가 자신의 냄새라는 걸 도저히 믿을 수 없어서 걸핏하면 킁킁댔다. 자다가도 코를 벌름거리며 킁킁댔다.

월세 25만 원 중 20만 원을 구태식에게 떠넘긴 동창은 번번이 구태식의 신발을 현관문 밖에 내놓았다. 달리 둘 데가 없다는 게 이유였다. 낮 동안 땀에 젖은 신발은 문밖에서 밤새 얼었다. 구태식은 얼어붙은 신발을 신고 하루

13시간을 일했다. 계약직에게는 식사가 제공되지 않는다
고 해서 끼니마다 김밥 한 줄로 배를 채웠다. 아버지는 종
종 구태식이 두 번째 김밥을 먹을 저녁 즈음 술에 취한 목
소리로 전화를 걸어 물었다.

살 만하냐?

그는 잠자코 고개를 끄덕였다.

하긴 너한텐 거기가 고향이나 진배없지.

돌이 되기 전에 떠났으니 일 년도 채 머물지 않은 도
시였다.

고향이라니요. 아버지.

뭐를 먹고 있냐?

김밥이요.

맛있냐?

제가 나중에 사드릴게요.

아들아, 이제 와 하는 말인데.

…….

사실 내 고향은 부산이 아니다.

아버지는 뜬금없는 소리를 반복하다 어머니를 바꾸

어 주었다. 정작 태선에게선 아무 연락도 없었다. 태선이는요? 어머니에게 안부를 물어보아도 돌아오는 대답은 시원찮았다. 백화점에 다닌댔다가 무슨 대리점에서 일을 한댔다가 결혼할 남자가 생겨 요즘은 거기 산댔다가 애견 미용을 배우러 다닌댔다가 그래도 태선이가 아들 노릇은 톡톡히 하고 있댔다가…….

아들 노릇 운운하는 소리를 듣기 싫어서 통화 말미에 다다르면 태식은 김밥을 입안 가득 욱여넣고 바빠요, 바쁘니까요, 바쁘라면서요 대꾸하다 끊었다.

태선이 좀 이르다 싶은 결혼 소식을 알려 온 때는 구태식이 다니던 회사에서 정규직으로 발탁된 직후였다. 6년만이었다. 소식을 전해 들은 태선이 전화를 걸어 왔다.

오빠, 돈은 좀 모았어? 빚도 없고?

그는 당연한 거 아니냐고 큰소리를 쳤다. 오랜만의 통화라서 어색하기도 했고 그래서인지 더욱 태선의 축하를 받고 싶기도 했다.

얼마나 모았어?

3천쯤 되나.

따지자면 3천만 원은 그의 수중에 있는 돈이 아니었다. 보증금을 장만하려고 직원 대출로 마련한 돈이었다. 정직원이 되자마자 빚을 지다니. 한동안 구태식은 신이 나서 실실 웃고 다녔다. 빚이 아니라 적금을 미리 탔다고 여겼으니까. 태선이 잠시 침묵하다가 말했다.

나름 성공했네.

그가 할 말을 찾지 못해 우물거리는 동안 태선이 다시 입을 열었다.

오빠, 나 결혼해.

어쩌면 좋냐.

대뜸 나온 말을 다시 주워 담으려는 티도 내지 못한 채, 전화를 끊었다. 그는 3천만 원에 대해 괜히 이야기를 했나 싶어 후회했다. 다음 날 태식은 곧장 부동산을 찾아가 회사 근처에서 멀지 않은 원룸을 계약했다. 보증금 3천만 원, 월세 30만 원짜리 방이었다.

정말로 바빠서 결혼식 당일에서야 구태식은 태선과

태선의 남편을 보았다. 예식장 입구에서 축의금을 받느라 결혼식도 제대로 못 보았다. 하객의 발길이 드문드문할 즈음, 태식은 망설이다 10만 원을 봉투에 넣어 방명록 맨 마지막 칸에 자신의 이름을 적었다. 오빠 구태식.

예식이 끝나고 하객들이 우르르 몰려나왔다. 그 뒤로 태선과 남편의 얼굴이 힐끗 보였다. 태식은 의자에서 반쯤 몸을 일으켜 태선의 웃는 얼굴을 보았다. 태식은 쇼핑백을 뒤져 자기 이름이 적힌 봉투를 도로 꺼냈다. 5만 원을 더 집어넣었다. 방명록의 마지막 장을 펼쳐 일십만 원을 지우고 일십오만 원이라고 고쳐 적었다. 막 예식을 마친 부부를 가운데 두고 아버지와 어머니, 구태식이 함께 기념 사진을 찍는 동안에도 이제 다섯에서 셋이나 떨어져 나갔다는 생각은 애당초 하지도 못했다.

＊

이번에는 길을 아는 어머니가 앞장섰다. 자정을 얼마 남겨 두지 않은 깊은 밤인데도 오가는 사람들이 많았다. 고갯길 초입에 들어서자 밤이 확연히 밝아졌다. 흐드러진 벚꽃과 가로등 불빛 때문이었다. 태선의 등에 업혀 축 늘어져 있던 아이가 꿈틀꿈틀 움직이더니 칭얼거리기 시작했다.

너무 오래 재웠다. 이제 깨워라.

어머니가 아이를 덮고 있던 검은 외투를 들추었다. 아이의 젖은 머리칼과 뽀얀 이마가 드러났다. 태선이 무릎을 구부려 키를 낮추자 어머니가 아이의 겨드랑이에 두 손을 집어넣어 들어 올렸다. 아이는 익숙한 듯 외할머니의 목에 두 팔을 감았다.

아가, 이제 걷자.

할머니의 마른 가슴팍으로 파고드는 아이를 태선이 다시 들어 올려 바닥에 세웠다. 아이는 잠깐 비틀거리다 똑바로 섰다. 엄마의 손을 잡고 서투르면서도 재빠르게 걸었다. 구태식은 두어 발짝 떨어져 서서 아이를 유심히 바라보았다. 정규직이 되어서도 하루에 10시간을 일했다. 연차와 월차를 번갈아 내어 쉬기에는 짬밥이 모자랐다. 같은 회사에서 똑같은 일을 하며 8년을 일했지만 계약직으로 일했던 지난 6년은 경력에 포함되지 않았다. 그는 입사

2년 차 신입 직원이었다. 1년 내내 쉼 없이 출근과 퇴근을 반복했다. 고되다 싶다가도 연말에 연차와 월차 수당 명목으로 가욋돈이 입금되면 죄책감이 들었다. 그 죄책감을 씻느라, 그러느라 태선의 아이가 태어나서 두 발로 걸을 이 날까지 만난 적이 없었다.

길은 한눈에 올려다보아도 경사가 매우 가팔랐다. 허리가 뒤틀린 소나무가 인도의 오른쪽에, 꽃을 피운 벚나무가 왼쪽에서 자라고 있었다. 폭 좁은 길을 오르려는 사람들과 내려가려는 사람들과 손을 놓지 않고 걸으려는 사람들이 뒤섞여 혼잡하고 어수선하고 거치적거렸다. 셋의 걸음도 더뎠다. 세 살배기 아이의 보폭에 맞추다 보니 더욱 그랬다. 구태식은 어깨를 부딪치는 사람들을 피해 길가에 잠시 비켜서서 가방끈을 꽉 조였다. 백팩이 그의 등짝에 찰싹 달라붙었다.

일순간 반나절 동안 메고 있던 가방이 묵직해졌다. 온종일 태선을 대신해 어머니가 들고 다니던 숄더백은 이제 납작한데, 기저귀를 채운 아이의 엉덩이도 납작한데 갑자기 무거워진 가방이 너무 불가해서 태식은 두 팔을 뒤로 돌려 등에 진 가방을 어루만졌다.

입관에서 출상까지, 출상에서 발인까지, 화장을 한 뒤 2만 원 하는 유골함에 탈골된 유해를 담기까지 이틀을 썼다. 빈소를 차리지 않으니 찾아오는 조문객도 없었다. 구태식은 굳이 지인들에게 비보를 전할 필요도 없게 되어 별다른 사유 없이 휴가를 신청했다.

공원 묘지는 처음부터 고려하지 않았다. 납골당에 모실까요, 묻자 어머니는 손사래를 쳐가며 말렸다. 32만 6천 원이 아까워서가 아니라 됫박만 한 선반을 층층이 쌓아 올린 유리 장식장 같은 곳에서 기다리고 있으라 할 수 없다, 했다. 장례 절차의 적법성을 따지지도 못하고 한밤이 되기만을 기다렸건만 사위는 밝고 소란했다.

벌이가 없어 빚을 내어 산 지가 3년 즈음 되었는데, 그렇게 쌓인 빚이 4천쯤 된다. 개중에 우리가 쓴 돈은 3천이고 이자 돈이 1천만 원쯤 된다. 갚을 길은 없고 아버지와 나는 진즉 이혼을 해두었으니 걱정 말고, 너와 태선이 상속 포기를 하면 이 빚은 없는 빚이 될 게다.

부산 이후부터

어쩌다 아버지가 돌아가셨냐고 태식이 묻고 물어도 어머니는 다른 대답을 하지 않았다. 종국에는 죽어서 왔다, 그 말이 다였다. 태선은 저간의 사정을 훤히 알고 있는 듯 아버지의 사인에 관해선 입을 꾹 다물었다.

태선이 아이의 손에 부러진 벚나무 가지를 쥐어 주었다. 아이가 가지를 흔들며 뛰었다. 꽃잎이 한두 장씩 흩날렸다. 아이는 그걸 보려고 더욱 크게 팔을 흔들고 빠르게 뛰었다. 사람들이 흔쾌히 길을 비켜 주었다. 셋은 아이의 뒤를 따라 바삐 걸었다. 정상이 가까워질 무렵 어머니가 솔숲 사이에 난 등산로 입구로 방향을 틀었다. 구불구불한 흙길을 따라 숲 안쪽으로 들어갈수록 그림자가 짙어지더니 이내 컴컴했다.

태선이 핸드폰으로 길을 밝혔다. 어머니는 태식에게 이제부턴 네가 앞장서라 했다.

가방은 앞으로 메고. 그래도 아버지인데. 안아 주듯 들고서 가거라.

구태식은 어머니의 말대로 영정을 들 듯 가방을 앞으

로 멨다. 무게가 한결 가벼워져서 태식은 무서웠다.

길 따라 가면 된다.

태식이 걸음을 떼자 어머니가 낮게 흐느끼며 곡소리를 냈다. 겁에 질려 우는 아이를 태선이 등에 업었다. 태선이 비춰 주는 희미한 불빛을 따라 태식은 걸었다. 가방을 안은 손에 한껏 힘을 주고서 나는 지금 산책 중인 게 아니라 아버지를 운구하는 중이다, 속으로 되뇌면서.

여기다, 여기.

어머니가 모두를 불러 세우고는 혼자 길을 벗어나 비탈을 내려갔다. 그 앞으로 평평한 땅이 펼쳐졌다. 태선은 아이를 업은 채 쭈그려 앉아 비탈 아래로 불빛을 비추었다. 태식만 어머니의 뒤를 따라 미끄러지듯 내려갔다. 어머니가 제법 곧게 자란 소나무들 중 한 그루를 짚자 태식이 맨손으로 땅을 파기 시작했다. 축축한 흙을 파고 또 팠다. 파면 팔수록 태식의 눈에는 땅바닥이 멀어지는 듯 보였다. 태식은 연신 두 눈을 끔벅거리며 팔꿈치가 잠길 정도의 깊이가 될 때까지 팠다.

태식이 가방을 열어 유골함을 꺼내 우묵한 땅바닥에

내렸다. 어머니는 태선에게, 혹시 이 자리를 못 찾을 수도 있으니 가방을 뒤져 함께 묻을 걸 찾아보라 했다. 태선이 숄더백을 뒤져 아이의 장난감을 주었다. 태식이 받아 유골함 위에 올렸다. 아이가 안 된다고 그건 자기 것이라며 자지러졌다.

삼촌이 새 거 사준대. 이건 할아버지 주자.

아이가 간신히 울음을 삼키며 태식을 바라보았다. 태선이 핸드폰 불빛을 태식의 얼굴에 쏘았다. 눈이 부셔 태식은 잔뜩 찌푸린 얼굴로 고개를 크게 끄덕였다. 눈이 더 나빠지겠구나 생각하면서. 태선은 핸드폰을 쥐지 않은 다른 손으로 아이의 허리를 끌어안고 다정하고 나지막하게 말했다.

할아버지, 안녕 해. 어서, 할아버지 안녕이라고 해.

아이가 울먹이듯 할아버지 안녕, 말하자 어머니가 흙을 덮었다. 태선이 소리 내어 울기 시작했다.

고갯마루에 서서 바다를 내려 보다가, 카페에 들러 따뜻한 차를 마시고, 왔던 길과 다른 내리막을 넷은 걸었다.

걷다 보니 약국이 있어서 구태식이 혼자 들어갔다가 나왔다. 태선에게 구충제 세 상자를 건네주고 어머니와 자신은 그 자리에서 삼켰다. 내리막길 끝에서 구태식은 어머니와 태선에게 그만 돌아가야겠다는 말을 꺼냈다. 오늘까지만 휴가라서, 내일 아침 일찍 출근을 해야 돼서, 곧 다시 내려올 거라서, 어머니의 만류에도 불구하고 태식은 지나가는 택시를 세웠다. 어머니와 태선과 아이를 억지로 밀어 넣고 닫힌 문에 대고 손을 흔들었다.

혼자 남은 태식은 길가에 서서 파도 소리를 들었다. 아버지는 바람을 좋아했던 게 아니라 이 소리를 좋아했을 수도 있겠단 생각이 들었다. 파도가 끊임없이 밀려들었다가 빠져나가는 이 소리를. 태선이 우는 소리를. 제천에서 처음 울려 퍼졌을 그 소리를. 오래 살자는 어머니의 소리를. 싫어요, 안 가요, 아버지랑은 안 가요 하던 단호한 태식의 소리를.

포기, 포기, 상속 포기……

돌아가는 대로 꼭 상속 포기 각서에 서명하라는 어머니의 말을 기억해 두려 태식이 중얼거리면서 저 멀리 다가

오는 빈 택시를 향해 손을 흔들고 있을 때, 태식의 핸드폰이 울렸다. 태선의 번호였는데 막상 전화를 받고 보니 태선의 아이였다.

토마스 사주세요.

토마토? 토마토?

태식이 계속 묻기만 하자 수화기 너머 태선이 답답했던지 토마스 사달라고 외쳤다. 그제야 말귀를 알아들은 그가 나중에 사주겠다고 하자 멀리서 태선이 속삭이는 소리가 들렸다.

울어, 울어.

" 단편 소설은
삶의 중요한 무기 "

황현진

「부산 이후부터」의 이야기는 어디서, 어떻게 시작되었나?

고향을 떠나 사는 사람들, 태어난 자리에서 죽는 사람들, 직업을 얻기 위해 혹은 직업을 지키느라 고군분투하는 사람들, 고향으로 돌아가는 일이 실패를 증명하는 건 아닐까 두려워하는 사람들, 말하자면 우리의 어린 어른들.

작가 본인이 생각하는 이 이야기의 중심은 어디인가?

아버지. 사인을 알 순 없지만 그의 삶만은 알려 주고 싶었다. 최선을 다해 애도하는 것은 어떻게 죽었는지 밝히기보단 그가 어떻게 살아온 사람인지 남겨 두는 거라고 믿고 싶어졌고, 그렇게 믿겠다.

작가 인터뷰

어떤 장면이 가장 마음에 남는지?

아버지의 유골을 묻을 때, 자신의 장난감을 내어 주지 않으려고 우는 아이.

최근의 화두는?

당신이 나에게 끼치는 영향. 당신이라는 가능성.

소설과 일러스트가 만나 하나의 이야기를 그렸다. 그림과 소설이 만나면 각 매체의 어떤 부분이 더 드러나거나 강조된다고 생각하는지?

그림은 이야기를 상상하는 데 도움이 될 거라고 막연히 생각했다. 지금은 상상을 확장하는 더 큰 의미가 있다고 생각한다.

신모래의 일러스트를 보고 본인이 생각했던 이미지와 어떻게 같고 어떻게 달랐나?

부산하면 아무래도 푸른색을 떠올릴 수밖에 없다. 내가 본 바다는 언제나 푸른색이었으니까. 신모래 작가의 바다는 분홍색이었다. 소설에서 바다는 아버지의 고향이자 무덤이기도 한데, 분홍색이라니. 처음엔 놀랐고 나중엔 고마웠다. 부고 같은 소설인데 초대장처럼 여겨져서.

이야기를 짓는 것이 자신에게 어떤 즐거움을 주는가?

짓는다고 생각하지 않는다. 그러면 거짓말을 하고 있는 듯한 기분이 들기 때문이다. 소설은 허구의 장르라고 하지만 사실 허구와는 가장 거리가 멀다. 글을 쓰면서 내가 느끼는 기쁨은 잘 몰랐던 걸 조금씩 알아 가는 과정에서 얻는 즐거움에 훨씬 가깝다.

소설을 쓸 때 중요하게 생각하는 것이나 본인만의 원칙이 있는지?

지금 쓰는 이야기를 내가 제일 잘 알고 있다고 착각하지 않기.

황현진에게 〈소설〉은 무엇인가?

드러내고 표현하는 일에 서툴다. 그걸 인정하는 데 오랜 시간이 걸렸다. 여전히 어려운 일이라서 소설을 쓰고 읽지 않으면 외로워질 테고, 분명 내가 나를 가장 싫어할 것이다.

〈소설〉은 현시대에 어떤 힘을 지니고 있다고 생각하는가?

질문으로 대화를 시작하게 만드는 힘.

좋아하는 단편 소설을 꼽는다면?

매번 달라서 도저히 꼽을 수가 없다. 나는 매일 읽고 있고 그게 나를 쓰게 하는 힘이기도 해서 계속 읽어야만 한다.

단편 소설의 장점은 무엇일까?

단편 소설은 이야기를 넘어서는 이야기이다. 말을 아끼면서 전부를 말한다. 칼집에 숨은 칼 같다. 삶의 중요한 무기가 될 수 있다.

이 책을 〈테이크아웃〉 한다면 어떤 공간과 시간으로 이 책을 가지고 가고 싶은지?

주행 중인 모든 운송 수단의 창가 좌석.

" 읽는 내내 소리가 뒤따르는
신기한 소설 "

신모래

지금껏 그려 온 그림을 보면 형광 컬러와 그림자, 멋진 그러
데이션의 배경 표현이 인상적이다.

일부러 배경에 신경을 쓰진 않는다. 완성된 그림은 영상을 일시
정지한 것이거나 사진을 찍은 순간처럼 보였으면 한다. 전체적인
장면을 먼저 구성하고 묘사 정도를 조절한다. 그래서 촘촘한 묘사
를 하는 편은 아니다. 굵직하게 그려 놓고 그러데이션이나 그림자
로 덩어리감 주는 것을 좋아한다.

인물 묘사도 특별하다. 특히 눈의 모습이 모두 동일하다. 그
럼에도 배경과 함께 어우러져 다양한 표정을 지닌 듯 보인다.

어떤 것을 염두에 두면서 나온 표현인지.

직접적인 것을 좋아하지 않아서 눈도 있는 듯 없는 듯 괄호 모양을 쓰게 되었다. 그림자를 자주 사용해서 모두가 달라 보이는 것이라고 생각한다. 시간대에 따라서 사람이 느끼는 감정도 다르니까.

어떤 작업을 주로 하는지? 그것이 소설을 읽고 하는 작업과 어떻게 다른지 궁금하다.

책을 만든 적이 있다. 평소 작업도 글을 먼저 써두고 그림으로 옮기는 편이다. 이번 작업은 실제로 단편 소설이 있고 어느 정도 그 소설을 표현해 내야 하는 것이었기 때문에 생각보다 결이 많이 달랐다. 이렇게 표현하면 독자들이 더 엉킬 수도 있겠구나 하는 생각을 많이 했다. 개인 작업은 딱히 이렇게 해석되거나 보여져야 한다는 명확한 폭이 없기 때문에 자유롭게 그릴 수 있지만.

보통 아이디어는 어디서 어떻게 나오는가?

전부 일상에서 따온다. 예전에는 개인적인 정서에서 먼저 아이디어를 떠올리고 그에 맞는 오브제나 배경을 찾았는데, 지금은 일상에서 보이는 것들에 감정을 개입시켜 완성하는데, 재미있다. 사진을 많이 찍어 두는데 친구들끼리 사용하는 개인 SNS에 종종 올리면 이런 건 왜 찍냐는 댓글이 많이 달린다.

「부산 이후부터」를 읽고 가장 먼저 떠오른 이미지는?

파도와 바다일 수밖에 없었다. 읽는 내내 소리가 뒤따라오는 느낌이라 신기했다. 내 그림은 정지 상태라 무언가 끌고 가는 느낌은 아닌데 글은 계속 같이 이동하는 느낌이었다. 특히 이 소설이 그랬다. 계속 파도 소리가 들리는 듯한.

소설 속 등장 인물의 동선을 조용히 뒤따라가듯 표현했다. 배경과 오브제의 압축된 그림을 통해 어떤 이미지가 전달되었으면 했나?

이미 없는 사람을 줄곧 떠올리는 줄거리였지만 당시 상황을 재연하는 그림은 피하고 싶었다. 그래서 처음엔 쓸쓸한 바다 위주로 스케치를 구성했다. 먼 곳으로 여행 와서 차가 없는 시간대에 바다 근처를 계속 달리는 느낌이었으면 했다. 멍하니 실려 가는 것처럼 느껴지면 좋겠다고 생각했다.

작가 인터뷰

컬러가 분홍이다. 색으로 표현되었으면 하는 점이 있었나?

묘사를 하는 그림이 아니기 때문에 그러데이션으로 톤을 맞추고
싶었다. 글이 계속 진행되고 있기 때문에 바로 다음 페이지로 넘
길 수 있을 정도로 시선을 붙잡진 않지만 전체적인 무드는 글과
함께 옮겨 갈 수 있을 정도의 색이 필요했다. 처음엔 진한 주황색
을 골랐는데 결국 분홍색을 쓰게 됐다. 분홍은 사람을 이상하게
슬프게 만드는 색이다. 소설의 톤과도 잘 맞았던 것 같다.

글과 그림은 표현 영역이나 그 효과가 다를 텐데, 이 그림들
로 그림 매체의 어떤 점을 부각시켰다고 생각하는지?

딱히 그 둘이 분리되어 있다고 생각하지 않는다. 읽는 듯한 그림
이었으면 좋겠다고 늘 생각하기 때문에 떨어뜨려 생각하고 그리
진 않았다. 다만 조금 더 글을 읽는 사람과의 거리감을 좁히는 역
할을 하고 싶었던 것은 있다.

가장 좋아하는 작업 툴은 무엇이며 그 이유는?

디지털 작업을 하고 있기 때문에 컴퓨터란 장치는 내게 아주 소중
하다. 그림자나 빛을 많이 사용하고 있는데, 기술적으로 표현할

수 있는 것을 굳이 종이 위에 옮기고 싶지 않다. 빨리 그리고 빨리 잊어버리는 걸 좋아한다. 그래서 디지털 작업이 제일 적합하고 그렇다 보니 선택할 수 있는 툴이 별로 없기도 하다.

문학 작품을 읽으면서도 영감을 얻는지 궁금하다.
유디트 헤르만Judith Hermann의「단지 유령일 뿐Nichts als Gespenster」이 가장 근래 읽은 소설 중 좋았다. 정서적으로 글 안에서 안심할 수 있어 기쁘고 자극이 됐다.

그림을 소설과 같은 비중으로 이미지를 배치한다는 이야기를 들었을 때 어떤 점이 좋았고, 어떤 점이 걱정스러웠는가?
내 그림 자체가 인물 생김새가 비슷하고 설명적이지 않아 처음 제안이 왔을 땐 재미있겠다는 생각 반, 걱정 반이었다. 소설을 구체적으로 설명해야 한다면 어울리지 않을 거라 생각했고 이 부분이 작업을 진행하면서도 어려웠다. 하지만 글이랑 같이 묶이는 것 자체는 너무 좋았다. 소설과 타임라인을 공유하며 나아가는 기분이었다.

작가 인터뷰

가장 좋아하는 단편 소설은 무엇인가?

체호프Anton Chekhov의 단편은 다 좋다. 「드라마」가 가장 재미있었는데 허무하게 끝내고 작가가 휘릭 사라지는 것이 좋다.

같이 일해 보고 싶은 문인이 있다면?

박솔뫼 작가를 좋아한다.

그림을 그릴 수 없는 상황이 닥친다면 어떤 식으로 〈그림〉에 대한 욕구를 표현하겠는가?

그림을 그릴 수 없게 된다면 그리지 않을 것이다. 여러 가지 이유가 있겠지만, 그릴 수 없게 됐으니 그리지 않을 것 같다. 그림에 대한 욕구보다는 이야기하고 싶은 욕구가 더 커서 다른 수단을 찾을 것이다. 지금은 그림이 가장 적합하다고 생각해서 이어 가고 있다.

이 작품을 〈테이크아웃〉 한다면?

고층 호텔 방의 푹신한 침대에서 읽고 싶다. 책을 덮을 즈음 배가 고파져서 근처 식당을 찾아 긴 엘리베이터를 내려가는 동안은 계속 생각나지만 호텔 밖을 나가면 또 아무렇지 않아졌음 좋겠다.

황현진

장편 소설 「죽을 만큼 아프진 않아」로 제16회 문학동네작가상을 수상했다. 펴낸 책으로 『죽을 만큼 아프진 않아』, 『달의 의지』, 『두 번 사는 사람들』이 있고, 다수의 소설집에 참여했다.

신모래

홈페이지에 올렸던 작품을 계기로 뉴욕의 작은 갤러리에서 주최한 그룹전에 참가했다. 2016년 디뮤지엄 프로젝트 스페이스 구슬모아 당구장에서 전시 「신모래 : ㅈ.gif」를 열었다. SM 엔터테인먼트, 퓨마 등의 브랜드와 협업을 하며 다양하게 활동 중이다.

TAKEOUT 08
부산 이후부터

글 황현진　**그림** 신모래　**발행인** 홍유진　**발행처** 미메시스

주소 경기도 파주시 문발로 314 파주출판도시

대표전화 031-955-4400　**팩스** 031-955-4404

홈페이지 www.mimesisart.co.kr　**email** info@mimesisart.co.kr

Copyright (C) 황현진, Illustration Copyright (C) 신모래, 2018, Printed in Korea.

ISBN 979-11-5535-138-3 04810　979-11-5535-130-7 (세트)

발행일 2018년 8월 1일 초판 1쇄

이 도서의 국립중앙도서관 출판예정도서목록(CIP)은 서지정보유통지원시스템 홈페이지(http://seoji.nl.go.kr)와 국가자료공동목록시스템(http://www.nl.go.kr/kolisnet)에서 이용하실 수 있습니다.(CIP제어번호: CIP2018019636)

이 책은 실로 꿰매어 제본하는 정통적인 사철 방식으로 만들어졌습니다.
사철 방식으로 제본된 책은 오랫동안 보관해도 손상되지 않습니다.

테이크아웃은
단편 소설과 일러스트를 함께 소개하는
미메시스의 문학 시리즈입니다.